zep
The End

schreiber&leser

The End

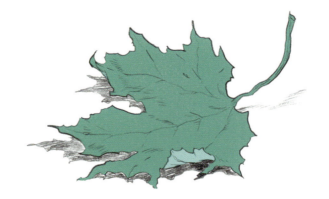

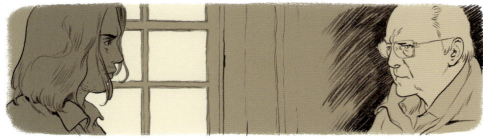

Schauen Sie sich den Kerl an der Bar an.

Unauffällig.

Das ist der Chef des Pharmacorp-Labors.

Sieht der für Sie wie ein gefährlicher Krimineller aus?

Nein, eher wie ein gefährlicher Schwachkopf.

Von der Sorte, die zehn Kilo Dioxin in der Natur entsorgen.

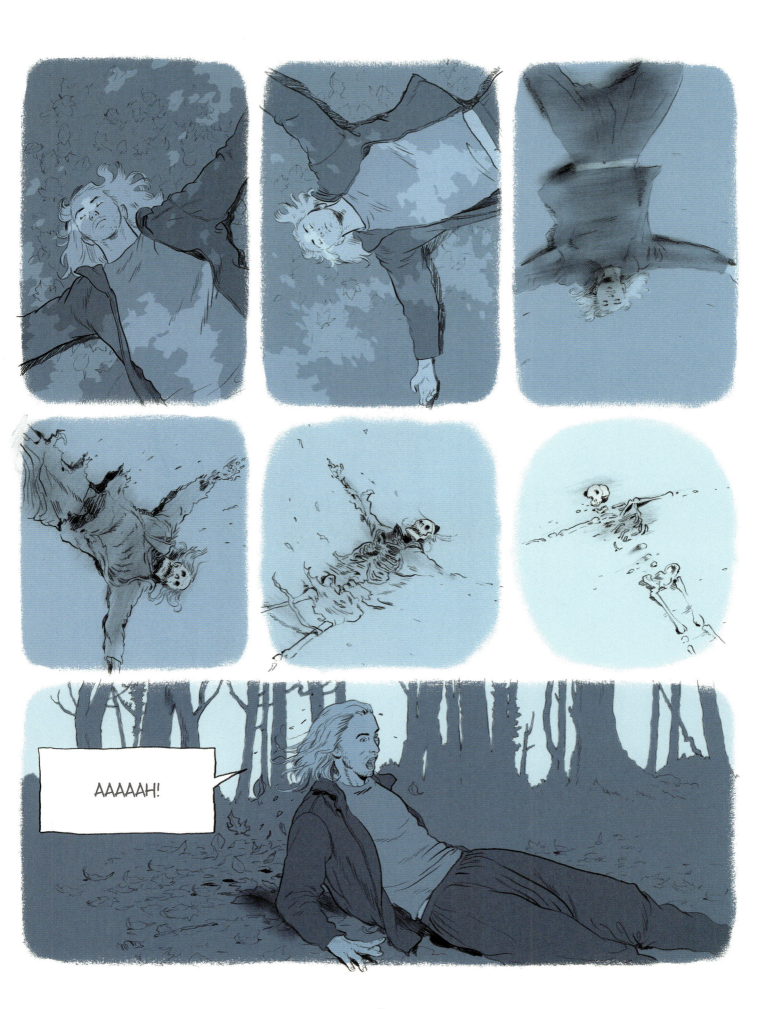

Haben Sie schon erste Ergebnisse, Sonja?

Wir arbeiten dran.

Diese zusätzlichen Chromosomen beinhalten eine linguistische Struktur, die absolut identisch mit Ihrem Kodex ist.

Außer...

...dieser besondere Marker, den Sie mit dem Aussterben der Dinosaurier in Verbindung gebracht haben.

Er ist hier zweimal vorhanden!

?! Das ist unmöglich! Das hätte ich gesehen!

Vielleicht war Ihre Sequenz unvollständig.

Diese hier scheint länger zu sein.

Sie scheint zusätzliche Informationen zu beinhalten.

Schließlich war Ihre Probe 100 000 Jahre alt.

Wenn es sich wirklich um ein Tagebuch der Erde handelt, dann fehlte das letzte Kapitel.

Hmm...

Wir werden etwas Zeit brauchen, um diese Milliarden von Daten zu analysieren, Professor.

Bei Ihnen ist Nacht, wollen Sie nicht versuchen, etwas zu schlafen?

Das stand also im Kodex:

Das Programm für die Ausrottung der Menschheit.

Mit Hilfe der Bäume...

...wurden wir vergiftet.

Ich muss meine Familie anrufen!

Meine Freunde!

Der gewünschte Teilnehmer ist zur Zeit nicht erreichbar...

Ein paar Stunden später fiel der Strom aus.

Ich stand komplett im Dunkeln.

Wann würde ich dran sein?

Aber es passierte nichts.

Wie die Tiere begriff ich: Ich musste fort.

Ich fuhr nach Süden.

Wenn ich kein Benzin mehr hatte, wechselte ich das Auto.

Als ich kein Auto mehr fand, ging ich zu Fuß.

Ich hatte die Autoschlüssel versteckt.

Ich wollte nicht, dass Mama mich zur Schule bringt.

Da wurde sie sehr wütend auf mich.

DU BRINGST MICH NOCH INS GRAB MIT DEINEN LÜGEN!

Und dann ist sie umgefallen.

Bewegte sich nicht mehr.

Ich bin zu den Nachbarn gelaufen...

...aber es machte niemand auf.

„Und wer weiß: vielleicht wird eines Tages tatsächlich die Sprache der Bäume entschlüsselt und damit Stoff für weitere unglaubliche Geschichten geliefert. Bis dahin lassen Sie bei den nächsten Waldspaziergängen einfach ihrer Fantasie freien Lauf – sie ist in vielen Fällen gar nicht so weit von der Realität entfernt!"

Peter Wohlleben, *Das geheime Leben der Bäume*

...weitere Geschichten von Zep bei schreiber&leser

PARIS 2119

ZEP · **BERTAIL**

Die Leute verreisen nicht mehr: zu sehr belastete der Individualverkehr Mensch und Umwelt. Der verantwortungsbewusste Bürger setzt sich in einen Transponder und ist im nächsten Moment zum Beispiel in Peking. Man ist bestens vernetzt, und die Obrigkeit weiß selbstverständlich alles über alle – zu deren eigenem Besten. Tristan ist ein altmodischer junger Mann, ein Romantiker und hoffnungslos nostalgisch. Er misstraut dem Zauber. Und völlig zu Recht...

PARIS 2119
Szenario: Zep
Zeichnung: Dominique Bertail
88 Seiten | gebunden | Farbe
€ 19,80 | ISBN 978-3-946337-89-8

1. Auflage 2020
Alle deutschen Rechte bei Verlag Schreiber & Leser - Hamburg
Nachdruck - auch auszugsweise - nur mit schriftlicher Genehmigung des Verlages

ISBN: 978-3-96582-026-5
www.schreiberundleser.de

Original title: The End
Text and illustrations by ZEP
© 2018 Rue de Sèvres, Paris
© 2020 Verlag Schreiber & Leser

Aus dem Französischen von Claudia Sandberg
Textbearbeitung: Ömür Gül

Zitat Seite 93 aus: Peter Wohlleben, Das geheime Leben der Bäume S. 218

Dieses Buch erscheint im Rahmen des Förderprogramms des Institut français.